Marie Nimier

Vous dansez ?

Gallimard

Marie Nimier est née par un mois d'août torride à l'hôpital Saint-Antoine, Paris XIIᵉ. Elle commence à quinze ans une carrière chaotique de comédienne et de chanteuse, participe aux créations théâtrales et musicales du Palais des Merveilles, de Pandemonium and the Dragonfly (aux États-Unis) et des Inconsolables.

Elle a déjà publié neuf romans traduits pour certains en Chine, aux Pays-Bas, en Allemagne, en Italie, au Japon, en Égypte, au Vietnam et aux États-Unis : *Sirène* en 1985 (couronné par l'Académie française et la Société des Gens de Lettres), *La girafe* en 1987, *Anatomie d'un chœur* en 1990, *L'hypnotisme à la portée de tous* en 1992, *La caresse* en 1994, *Celui qui court derrière l'oiseau* en 1996, *Domino* en 1998, *La nouvelle pornographie* en 2000, des textes pour le théâtre, des nouvelles, des livres pour enfants, dont *La Kangouroute* (Gallimard Jeunesse), *Les trois sœurs casseroles*, *Le monde de Nounouille* (Albin Michel Jeunesse), *Etna, la fille du volcan* (Paris-Musées) et des chansons pour Jean Guidoni, Juliette Gréco, Art Mengo, Clarika, Eddy Mitchell...

Dans *La Reine du silence*, récompensé par le prix Médicis, Marie Nimier ose s'attacher à la figure de son père, Roger Nimier, écrivain et chef de file des « Hussards ».

La plupart des textes réunis sous le titre *Vous dansez ?* sont à l'origine du spectacle de la compagnie Beau Geste « À quoi tu penses ? », chorégraphié par Dominique Boivin.

À Dominique Boivin

Le ficus

Ne vous attendez pas à une débauche
de lumière.
Ce sera, plutôt, une ambiance de sous-
bois.

Daniel Larrieu

Nous habitions un appartement rempli de plantes vertes.

Il portait des pantalons framboises écrasées, et aussi...

il avait une collection impressionnante de chemises étriquées, des chemises qu'il boutonnait jusqu'en haut, même en été. Mais à la maison, il se promenait le plus souvent en peignoir.

Un peignoir blanc immense volé au Lutetia.

Ce qu'il était allé faire au Lutetia ?

C'était un garçon, comment dire, un garçon flottant.

Moi aussi, je flottais.

Nous flottions tous les deux comme des

nénuphars dans ce grand appartement qui donnait sur les toits.

Nous faisions partie du paysage.

Pendant des heures, il essuyait les feuilles des ficus. Avec cette même application, cette même douceur, cette même patience obstinée, il me caressait. Tout méritait la même attention : les chevilles et les feuilles, les nervures et la bouche, le mollet, le tronc, les lignes de la main. Chaque centimètre carré de mon corps, comme on effleure le dos des livres d'une bibliothèque qui vous impressionne.

Des heures comme ça.

Ficus, poignet, ficus, omoplate, ficus, ficus, ficus — coude, clavicule, plante des pieds, je devenais une branche sur le lit, un tronc prenant ses racines dans les plis du drap, alors il lissait les draps, la paume bien à plat, en les regardant avec la même bienveillance, tout pour lui était égal — ça lui était égal, tu comprends,

égal, indifférent —

et pourtant il était attentif. Comment expliquer ? Un corps qui bouge, pleinement, absolument présent, mais présent à une autre réalité.

Comme un danseur qui danserait merveilleusement, mais pas pour toi.

Comme ces filles que l'on voit parfois, vers cinq heures du matin, dans les boîtes de nuit. Paupières baissées, au centre de la piste. Très belles. Et puis soudain, elles ouvrent les yeux, se dirigent vers le vestiaire sans un regard pour ceux qui restent,

elles repartent seules,

sans que personne n'ose les raccompagner, non, personne n'insiste, personne n'ose insister et leurs talons claquent dans les rues désertes.

Lui, c'était un peu pareil. Il essuyait, il essuyait,

et quand il n'y avait plus rien à essuyer, il brumisait,

puis, sans prévenir, son peignoir glissait de ses épaules et s'affaissait sur le plancher, formant une sculpture textile toujours très organique, une mue.

Il s'habillait, passait de l'éponge à la soie, de la blancheur laiteuse aux framboises écrasées :

il devait sortir.

« Je dois sortir », murmurait-il d'un air préoccupé.

Il ne me proposait pas de venir, ne disait pas ce qu'il allait chercher, ce qu'il lui fallait soudain, de façon urgente.

Je le suivais sans lui demander son avis, il ne me repoussait pas, ne m'attirait pas non plus. Nous marchions, longtemps. Deux danseurs qui marchent l'un derrière l'autre dans la rue, même en ne faisant rien (cette façon d'attaquer le sol, de rebondir) :

tout de suite on savait que c'était avec ces mêmes corps que nous faisions l'amour,

ces mêmes corps pliés, pendus, portés, étirés que nous montions sur scène.

Des fleurs, il lui fallait des fleurs, les acheter, les cueillir, les voler, les arracher.

Il n'avait aucun scrupule,

dévalisait les plates-bandes municipales, les

cours d'immeubles — jusque dans les cimetières, il allait satisfaire son besoin compulsif
d'accumulation végétale.

Nous rentrions chargés, il répartissait son bu-
tin dans des vases que nous avions nom-
breux, posés comme des sentinelles en haut
du placard.

Quand il était heureux, son visage devenait
plus large.

Longtemps j'ai gardé ces petits mots qu'il
me laissait sur la table de la cuisine. Il écri-
vait en pattes de mouche. Sa voix était bou-
leversante, triste et profonde. Nous ne par-
lions jamais de ces petits mots. Ce qui était
écrit appartenait à un autre monde.

Il dansait dans une compagnie cosmopolite
qu'il avait créée, une compagnie qui s'appelait *De bloemen van het kwaad — Les fleurs du
mal*, en flamand.

Les répétitions avaient lieu dans la pénombre,
sous un hangar, près du fleuve.

Il avait développé une théorie assez particulière sur la façon d'éclairer ses spectacles.

Il prétendait que la lumière gommait l'histoire,
que c'était du papier buvard,
un masque lissant,
une couche qui se déposait à la surface des
corps qu'il fallait essuyer,
de la même façon qu'il essuyait les feuilles
des ficus pour les débarrasser de ce dépôt
blanchâtre qui les empêchait de respirer.
La lumière, la scène, l'illusion... Créer
l'illusion, mais l'illusion de quoi ? Du réel ?
Quoi de plus réel que la peau ? Et pourquoi
gommer ses aspérités ?
Quand il parlait de la danse, il se mettait en
colère.
Ça le rendait nerveux, comme s'il était
attaqué, comme s'il avait quelque chose de
très important à défendre, quelque chose de
précieux qu'il devait cacher dans un sac en
papier pour ne pas être pris en faute.

Un jour, il avait assisté dans le métro à une
scène qui l'avait marqué.
Une scène qui résumait tout ce qu'il mettait
dans ce mot-là : *danser*.

La rame était bondée. Un père et sa petite fille étaient debout près de lui. Le père avait demandé entre deux stations :

« Qu'est-ce que tu désires le plus au monde ? »

La petite fille s'était blottie contre lui. Puis elle avait répondu :

« Ce serait bien si on était moins serrés. »

Il aurait aimé créer une danse autour de cette phrase, de cette situation.

Se blottir contre son père pour être moins serré.

Ça lui parlait, ce genre de chose. Ça lui donnait la chair de poule.

Et moi, qu'est-ce que je désirais le plus au monde ?

Il m'avait posé la question, je n'avais pas su quoi répondre.

Il avait haussé les épaules, comme si ça ne l'étonnait pas, au fond, que je ne désire rien en particulier. Pour lui, j'étais une plante. Une plante singulière, mais une plante tout de même. Je ne devais pas le prendre mal. Dans sa bouche, c'était un compliment.

Je me souviens que, pour la fête des mères, il
portait un œillet rouge au revers de sa veste
kaki. Il s'était étonné que je ne connaisse pas
la tradition : porter un œillet rouge à la boutonnière le jour de la fête des mères.
Encore fallait-il avoir une boutonnière.
Et une mère.
Il avait grandi dans des familles d'accueil, à
la campagne.
C'est peut-être ça qui m'intriguait le plus au
début : par quel chemin, quel détour, il avait
rencontré la danse.
Il m'avait raconté ce feuilleton qu'il avait
vu à la télé. L'histoire se déroulait à l'Opéra
de Paris.
Ça s'appelait *Les temps heureux,* ou je ne sais
plus — enfin quelque chose avec l'idée du
bonheur.
On voyait des extraits de spectacles, on sui-
vait les danseurs dans les coulisses,
une porte était entrouverte, on découvrait
l'atelier des costumes,
plus loin les loges, les grands miroirs, les tables
de maquillage...
Il avait déclaré à sa prof de français, au col-

lège, qu'il voulait travailler là, dans cet en-
droit-là, qui portait ce nom étrange de :
Palais Garnier.
Elle lui avait présenté une amie professeur
au conservatoire.
Il avait suivi des cours de classique.
Il était doué.

Mon histoire à moi me semblait nettement
moins poétique. L'année de mes huit ans, le
médecin de famille avait conseillé à mes parents de m'inscrire à un cours de danse.
J'étais trop maigre, il fallait absolument, disait-il, que je « prenne corps ».
Je le revois soulever mon poignet qu'il tenait
entre deux doigts, comme on lèverait le cou-
vercle d'un plat longuement cuisiné.
J'entends encore sa voix : « Mais c'est qu'il y
a de la grâce, là-dedans. »
Il avait souri en montrant ses gencives.
Le feuilleton à la télé, rétrospectivement, ça
me faisait rêver.

Quelques années plus tard, une danseuse
étoile avait raconté exactement la même anec-

dote dans un journal — les coulisses de l'Opéra, le Palais des Mille et Une Nuits, le son du piano s'échappant des studios.

S'était-il approprié son histoire ?

D'où venait-il exactement, et que contenaient ces enveloppes doublées qu'il recevait de Suisse chaque mois ?

J'attendais tout de lui, il m'en a donné trop. Trop, mais à côté, comme on arrose une plante à côté de son pot.

Je pouvais pâlir, jaunir, perdre mes feuilles, il n'y voyait que le signe d'un changement de saison.

Un soir, je l'ai quitté.

Je l'ai planté, là, avec sa chiffonnette et son brumisateur. J'avais décidé de préparer le concours de Bagnolet. Je devais faire un choix, ou plutôt j'avais l'impression que je devais choisir : c'était lui, ou la danse.

J'ai réussi le concours de Bagnolet.

J'ai travaillé.

J'ai rencontré d'autres garçons qui ne savaient rien de cette plante originaire des

Indes et que l'on nomme ficus, ou figuier pleureur.

Rien de ces chenilles minuscules qui prennent possession des feuilles, et qu'il faut une à une écraser entre les doigts.

Rien des horaires d'ouverture et de fermeture des cimetières, ni de ces papiers chinois qui, mieux que les gélatines, diffusent la lumière sans brûler le grain de la peau.

Deux ans après notre séparation, j'ai eu de ses nouvelles par un ami commun. À mon départ, il avait quitté l'appartement. Et abandonné la danse. Et puis plus rien. Il avait disparu.

Je pense à lui souvent.

Je me cogne à son absence. À son renoncement.

Je me demande ce qu'il est devenu.

J'ai essayé de le retrouver. J'ai poussé les recherches jusqu'au Lutetia, à Paris. Je leur ai demandé s'ils connaissaient un client répondant à son nom.

Son nom, tu veux savoir son nom ?

C'est drôle, je n'ai pas envie de te le dire, comme si c'était la seule chose qui m'appartenait vraiment,
la seule chose qui me prouvait son existence.
Cette façon de mettre ses bras en collier autour de mon cou,
cette façon si lente, exaspérante, de me mener au plaisir...
Je garde ça aussi, le souvenir de ça, et j'y pense chaque fois que je danse, et je me dis qu'un jour il sera là, parmi les spectateurs.
J'aimerais enfouir mon visage dans le creux laissé par sa tête sur l'oreiller.

La troupe s'est disloquée peu de temps après son départ. Personne ne s'en souvient aujourd'hui, et il ne reste rien de leurs spectacles dans la pénombre.

L'audition

*À quinze ans, j'ai participé à un spec-
tacle en tutu, déguisée en canari.*

Carolyn Carlson

— Nous allons remonter très loin, Trista, au poisson, tiens, je te vois bien en poisson... Trista, tu t'appelles bien Trista, n'est-ce pas ? Ça ne t'embête pas que je te tutoie ? Écoute-moi attentivement... Trista... ton âme est ouverte, ton corps est hospitalier... Tu es l'écrin du poisson, tu es une carpe, oui, bien, Trista, développe, le poignet, tu remontes au coude, tu remontes le courant, tu es un saumon qui remonte le courant et le courant c'est quoi ? C'est quoi, Trista, le courant ?

Le courant, l'homme qui court, comment ça court, un poisson ? Un poisson pressé ? Il est beau ce type, encore plus beau que sur les photos. Il ressemble à Michel Piccoli, un Piccoli avec des cheveux. Je me demande s'il se teint les cheveux...

— Très bien, Trista, oui, tu y es… Garde ce mouvement et mets-le en boucle. Tu connais cette chanson ? « La danse est une cage où l'on apprend l'oiseau »… Une cage, Trista, une cage… thoracique… une cage… de scène… Un aquarium, si tu préfères, avec des algues et du gravier au fond.

Je me demande ce qu'il attend de moi… Il m'a vue dans le spectacle de Marionski. Il a dû aimer mon travail, sinon je ne serais pas ici. Mais bon, dans le Marionski, on ne voyait que mes mains, enfin un peu les bras aussi, le reste de mon corps était caché par un rideau… Mes mains, il aime mes mains… Allons, mes petites mains, mes petits doigts chéris, on met la gomme !

— Et maintenant les ouïes, Trista, concentre-toi sur les ouïes. Ce passage de l'extérieur à l'intérieur. C'est ça, développe : intérieur, extérieur… Inspiration, expiration… Laisse remonter les souvenirs à la surface, les mots, les émotions…

Dire qu'ils sont en train de faire griller des sardines dans le jardin… j'adore les sardines, s'il n'y avait pas cette odeur qui reste sur les doigts. Qu'est-ce qu'il a dit ? Ah oui, les ouïes, les ouïes du poisson... Une audition, passer une audition, comme s'il voulait m'écouter, entendre ma voix. C'est drôle pour un danseur, passer une « audition ».

— Mais c'est quoi, ces choses sur ton ventre ? Quoi, ces machins disgracieux ?

Sur mon ventre ? Qu'est-ce qu'il a mon ventre ?

— Ce sont des pattes, Trista, des petites pattes de derrière, et drôlement utiles avec ça. Des pattes pour gambader, creuser, enfouir et ramasser... Évolution, révolution : tu manges des feuilles et des insectes, tu peux parcourir des kilomètres sur la terre. Tu es un lézard, un mulot, une taupe... Tu es... une vache ! Fais-nous entendre ton cri, Trista...

Meuhhhh

— Tu es... tu es un chien ! Fouille, Trista, fouille dans tes souvenirs, laisse-toi contaminer par un chien précis. Tu le vois ? Prends ton temps, je sens que ça arrive...

Ma tante avait un chien. Il s'appelait Raymond. Tout le monde l'appelait Kiki. Kiki par-ci, Kiki par-là... Il dormait dans le ga-

rage, derrière la voiture et puis un jour, il s'est
mis carrément dessous, et puis...
— Amuse-toi, Trista, cabotine, fais-nous tes
yeux qui pleurent, tes paupières de cocker.
Fais-nous tes babines en cœur, joue au
susucre à sa mémère...
C'était l'été dernier, derrière la gare Saint-
Lazare. Ils étaient sur un banc, tous les deux très
sérieux, comme s'ils attendaient la fin du monde.
Soudain la femme a parlé en montrant un chien
qui traversait la rue : « Tu vois, c'est un cabot
comme ça que ma mère elle a. Mais avec des
oreilles en pointes. Avant, ils leur coupaient la
queue et les oreilles. Ça coûte 1 000 euros, un
machin de ce genre. »
Et l'autre, il a laissé un grand silence, il réflé-
chissait, puis il a lâché : « Ben moi, j'préfère
acheter un mouton et l'bouffer à Noël. »
— À mon signal, changement d'échelle !
Zoom avant, on se rapproche, on rentre
dans les poils : on travaille sur les parasites.
Les parasites du chien, le pou, la puce. C'est
parti, Trista, saut de puce, léger, léger, plus
bas les pliés et hop ! Suspension ! Va chercher ta petite bête au fond de ton ventre, va

chercher ta puce, prends-la à bras-le-corps, oui, éclabousse le monde de ta puce joyeuse ! *C'est pas fini cette histoire de tendon… et ce nez qui me gratte… C'est drôle, les ailes, on dit les ailes du nez… Les zèles du nez… Le nez zélé, les ailes qui palpitent, le nez retroussé comme on retrousse une jupe…*

— Tu sens cette odeur ? Quelqu'un approche, Trista, quelqu'un qui ne te veut pas que du bien. Pschhhh, pschhhh… Tu as la tête qui tourne…

Ne pas décrocher, ne pas perdre l'équilibre…

— Pschhhhhh… Pschhhhh… C'est la mémère avec sa bombe, de l'insecticide, la p'tite vache ! Tu tousses, tu tombes, tu comptes jusqu'à dix… Tu te relèves, Trista : résurrection, nouveau décor… Voyons… Les pieds, maintenant, on va travailler les pieds. *Il me rappelle ce type, à l'école, ce danseur qui était venu nous parler de son métier. Enfin nous parler, façon de parler. Il nous avait obligés à nous déchausser pour bien sentir le sol, et moi, j'ai refusé. Je ne sais pas pourquoi, j'avais l'impression que mes pieds allaient gonfler si je les enlevais de mes chaussures, devenir monstrueux,*

ou au contraire se liquéfier, se répandre par terre…
Il m'avait demandé pourquoi je ne me déchaus-
sais pas et j'avais prétexté que j'avais des se-
melles orthopédiques, que je devais les porter tout
le temps. C'était horrible, tout le monde me
regardait et lui qui fronçait les sourcils en ré-
pétant : des semelles, des semelles, des semelles…

— Tu te souviens de l'ours de Pina Bausch ?
L'ours blanc de Pina qui laisse ses empreintes dans la neige… Maintenant, tu es
l'ours de Pina, tu fais corps avec lui. Allons,
tout bas dans ta tête, tu te répètes : je suis
l'ours de Pina, tiens, dis-le tout fort, je suis
l'ours blanc de Pina Bausch…

Je suis l'ours blanc de Pina Bausch, je suis
l'ours blanc de…

— C'est bien, oui, les pieds, martèle avec les
pieds.

Je suis l'ours de Pina, je laisse mes empreintes
sur la neige.

— Quel est le point commun entre l'ours de
Pina et toi ? Tu as vu ce spectacle au moins ?
Sous la rampe, quelqu'un racontait l'histoire d'une mouche. Une mouche d'une
espèce particulière qui vit dans l'œil de

l'hippopotame, elle se nourrit de ses larmes. Nourris-toi de tes larmes, souffle dedans comme on souffle du verre. Tu es un ours blanc qui fait des bulles de savon, un ours savant, un ours qui mange du miel comme dans les livres pour enfants...

Si c'est vrai ce qu'ils disent dans les journaux, il suffirait de manger du poisson... D'après les statistiques, dans les pays où l'on en mange beaucoup, les gens sont moins violents, moins suicidaires, moins dépressifs que les autres, et leur quotient intellectuel est plus haut. Moi, je mange du poisson tous les jours. Des filets de carrelet, du thon en boîte, des pavés de saumon...

— Non, Trista, Trista, tu n'y es pas. Recentre-toi. Retrouve ton nord, ton sud... Ton orient et ton occident... Qu'est-ce que je pourrais te dire pour t'aider... Tu es un ours qui part à la pêche aux truites, tu te souviens de la truite, au début, reprends en boucle le mouvement de la truite qui remonte le courant avec le côté droit de ton corps et hop ! À gauche, tu es l'ours de Pina et tu l'attrapes, tu viens de l'attraper, tu passes de l'un à l'autre, ours, carpe, ours...

Carpe, ours, carpe...
C'est bien, détends-toi un peu... et quand je
frapperai dans mes mains, tu me proposeras
quelque chose, n'importe quoi, la première
chose qui te viendra à l'esprit, allons, détends, détends, détends...
Je vais lui faire mon entourloupe aztèque, ça
marche toujours quand je fais l'entourloupe
aztèque, ils adorent ça.
— Et hop ! Voilà, Trista, tu y es, magnifique !
Qu'est-ce que je disais : l'entourloupe aztèque,
ça marche à tous les coups.
— On arrête là. Tu as été formidable. Tu
ES formidable. Je te remercie d'être venue,
nous avons tes coordonnées — on a bien les
coordonnées de Trista, Jean-Philippe ? Très
bien, on t'appellera dans la semaine.
Il va me rappeler, je suis sûre qu'il va me
rappeler... J'ai bien senti qu'au moment du
chien ça passait, le courant entre nous, ça
passait vraiment... Pauvre Kiki quand on y
pense... dormir sous la voiture, il faut dire, on
n'a pas idée...
— Oui, Jean-Philippe, fais entrer la sui-

vante... On enchaîne, on enchaîne... Mademoiselle, n'ayez pas peur, approchez... Camille... Vous vous appelez Camille, n'est-ce pas ? Je peux vous tutoyer, ce sera plus simple... Camille, je te propose un voyage dans le temps. « Du poisson à l'homme, ou : À la recherche du chaînon manquant », ce sera le titre de mon prochain spectacle. Camille, tu m'écoutes ? Ton corps est hospitalier... Tu es l'écrin du poisson, concentre-toi sur cette idée, tu es une carpe, oui, bien, Camille, développe, les doigts, le poignet, tu remontes au coude, tu remontes le courant, tu es un saumon qui remonte le courant et le courant c'est quoi ? C'est quoi, Camille, le courant ?

Les patins

Glissez, oh ! Mortels… N'appuyez pas !
                                    Goethe

Comment s'appelle-t-il déjà ?

Je l'ai sur le bout de la langue...

Un nom avec un tréma.

Noël ! Oui, Noël !

Le fils de la caissière s'appelle Noël, c'est lui qui nous aide à lacer nos patins.

Il porte une bague en argent à l'index.

Son pantalon de velours côtelé est usé au niveau des genoux, il descend très bas sur les hanches. C'est bien le premier à les avoir comme ça, ses pantalons, un peu lâches, et très bas.

Ses gestes sont lents et précis, ses lèvres se crispent lorsqu'il faut serrer.

Quand la chaussure emboîte étroitement le pied, il tape deux petits coups sur la lame avec sa bague : c'est le signe du départ vers la glace.

Le signe de la perfection.

Il sait tenir la cheville sans la comprimer.

Il sait dire sans parler et voir, sans regarder.

J'aime bien Noël, ou plutôt, j'aimerais bien lui ressembler.

Avoir une bague en argent à l'index, deux points sur mon prénom, des taches de rousseur et une mère qui travaille à la patinoire.

Je trouve qu'il a de la chance d'être le fils de la caissière.

De la chance de pouvoir entrer gratuitement, même pendant les heures de fermeture.

C'est son asile, la patinoire, son domaine, sa forteresse.

Je le revois, accoudé à la balustrade... il ne porte jamais ni bonnet ni écharpe, jamais ne se plaint du froid.

C'est pour lui que je patine, pour attirer son regard. L'élargir. L'épater, comme on dit d'un nez qu'il est épaté.

Je veux rentrer dans son corps par ses yeux et l'occuper tout entier.

Je veux l'envahir.

Je veux être lui, marcher comme lui, ne jamais avoir froid, comme lui, et, comme lui, taper deux petits coups sur la lame quand la chaussure emboîte étroitement le pied.

*

Ma mère aurait préféré que je fasse de la danse.

Elle trouvait que j'avais des dispositions.

C'est comme ça qu'elle dit : des dis-posi-tions.

Le patin, elle trouve ça kitsch, un truc pour la télé, mais enfin, après tout, mieux que de ne rien faire.

Elle a de l'ambition pour moi.

Elle s'est acheté une doudoune réversible, avec de la soie des deux côtés et du duvet à l'intérieur.

Ça coûte une fortune en pressing.

C'est important, pour elle, les vêtements.
L'allure. La propreté.
J'ai une maman très belle et très compétente.
Au début, elle vient aux leçons.
Au début, on tourne en rond.
Les genoux sont souples, sans exagération,
l'allure change, le corps se libère de la pesanteur.
Le corps s'allège et ma mère bâille.
Ça ne m'est pas désagréable de la voir
s'ennuyer un peu.
Elle me fait penser à ces glaces à la vanille
coincées entre deux gaufrettes.

*

Noël avait des doigts très fins. Ses paupières
tombaient sur ses yeux, comme ceux de
cette actrice, comment s'appelle-t-elle déjà,
mais si, tu ne connais qu'elle, cette actrice,
avec les paupières qui tombent...
Je n'ai pas la mémoire des noms, mais,
curieusement, j'ai toujours eu celle des
figures.

Pas des visages, non, des figures.

La mémoire des enchaînements.

« Patiner, c'est travailler sa trace », disait notre professeur.

Travailler sa trace comme on travaille une phrase, avec ses pleins et ses déliés.

On affûte les lames comme on taille un crayon.

Tous les mercredis et tous les samedis, j'écrivais sur la glace d'interminables déclarations. Je gravais nos initiales suivies d'un cœur maladroit.

C'était mon écorce à moi, ma feuille, l'écran sur lequel je projetais mes rêves.

Je me faisais peur, je prenais des risques inouïs. Je tombais. Je me relevais...

*

« Les patins », disait ma grand-mère lorsque nous arrivions dans le couloir. Pas bonjour, pas bonsoir, non : « Les patins »...

Nous mettions nos petits pieds sur les langues de feutre.

Elle devenait tout sucre.

Nous allions l'embrasser, j'aimais son odeur de poudre.

Elle est morte un jeudi, nous avons fait le pont.

Il y a des filles, à la patinoire, qui font le grand écart.

Avec leurs jupettes, le grand écart, l'intérieur des cuisses bien à plat sur la glace.

*

On dit que la meilleure glace se trouve sur les eaux stagnantes. Si elle se casse, il faut se mettre à plat ventre sur les bords du trou.

Me voilà à plat ventre, sur les bords du trou.

Le fils de la caissière m'aide à sortir de la piste. J'ai mal à la cheville, il m'entraîne à l'infirmerie, une petite pièce au sous-sol où s'entassent les costumes des spectacles de fin d'année.

Des ponchos, des sombreros, des robes de princesse...

J'ai les lèvres sèches, la gorge sèche et les genoux mouillés.

Il fait très sombre dans les couloirs. Mon

regard se fixe sur le rectangle vert de la sortie de secours.

Mes yeux s'habituent à l'obscurité, et ma bouche à sa bouche.

C'est la première fois que j'embrasse quelqu'un comme ça.

Je n'ai jamais senti quelque chose d'aussi doux.

Nous sommes sur le lit de camp de l'infirmerie et le monde bascule.

Il rit : c'est le lit qui se ferme sur nous.

Il est heureux, il me dit qu'il est heureux en passant sa main dans mes cheveux.

Il me serre comme on serre une femme, et puis soudain, il s'éloigne.

« Il faut y aller, me dit-il, je dois y aller, c'est l'heure de ranger les patins. »

Je pense : de les ranger, les patins, pas de les rouler, et à mon tour je me mets à rire.

Nous remontons en nous tenant par la main.

Ma mère est là, en haut de l'escalier, et c'est comme si elle voyait le fils de la caissière pour la première fois.

Elle regarde d'un air faussement détaché nos deux mains qui se tiennent. Elle se tait, elle qui parle beaucoup d'ordinaire, elle qui commente tout, elle qui donne son avis sur tout.

Le médecin est sûr de lui : je dois arrêter toute activité sportive, au moins quatre semaines, à cause de ma cheville.

Nous partons en vacances à Trégastel. Ma grand-mère n'est plus là pour nous dire : « Les patins, les patins », et j'ai du mal à traverser le salon en sandales. Pourtant, c'est la nouvelle règle dans la famille. Le parquet a été vitrifié. Il ne craint plus rien, et moi j'ai toujours peur que ma grand-mère en souffre, si elle nous voit d'en haut.

Mon père n'a pas ce genre de scrupules et foule allègrement le sol du salon avec ses chaussures de sport.

On dirait qu'il se venge.

Je passe de longues heures sur la plage. Marcher dans l'eau me fait du bien. À la rentrée suivante, ma mère me propose de m'inscrire au conservatoire supérieur de danse. Elle s'attend à ce que je proteste, que j'insiste pour retourner à la patinoire, elle a dû préparer tout un discours pour m'en dissuader.

Mais non.

J'accueille sa proposition avec soulagement. Elle me délivre d'un désir trop grand pour mon âge.

Je ne veux plus voir le fils de la caissière. Ne plus y penser. L'oublier.

*

L'année du conservatoire, j'ai eu mon premier appareil dentaire.

Comme si le fer des patins m'était remonté dans la bouche.

Un petit grillage pour me protéger du monde des grands.

Un petit barbelé dont il fallait, tous les trois mois, resserrer les vis.

Je n'avais rien jusque-là, ni lunettes, ni séances d'orthoptie, ou d'orthophoniste, alors l'appareil, je trouvais ça bien, ça me faisait quelque chose de particulier.

*

Au début, j'avais du mal avec le sol.
J'avais l'impression qu'il était mort.
L'impression d'avancer sur un élément dé-
funt.
Du bois coupé. La peau tendue d'un animal.
Et dessous il y a la chair, comme dans les
chaussons des petits rats de l'Opéra,
si c'est vrai ce que l'on dit,
qu'elles mettent des escalopes crues dans
leurs pointes pour soulager leurs blessures,
de la viande au bout des pieds, par-dessus la
peau.
C'est drôle, les petits rats, pas vraiment gracieux comme nom — vigueur carnassière,
dents qui rayent le parquet — parce qu'il en
faut de l'ambition, beaucoup d'ambition pour
endurer ce qu'on endure, je comprends bien
ce qu'ils veulent dire avec ça,
petits rats en tutus,
le côté rongeur de l'histoire,
avec ce sol qui vous tire par les pieds,

ce sol qui vous ramène sans cesse à la réalité...
Mais à force...

À force, j'ai pris l'habitude. J'ai grandi.
J'ai apprécié la souplesse du sol. Sa fidélité.
De mon corps aussi, j'ai fait connaissance,
comme si jusque-là je n'avais fait que
tourner autour de lui, à toute vitesse, sans
jamais m'y poser vraiment.

J'ai quatorze ans. Je découvre l'immobilité.
Le surplace. La verticalité.
J'ai quinze, seize, j'ai dix-sept ans. Je conti-
nue la danse, avec obstination.
J'ai dix-huit ans, et je découvre encore de
nouveaux muscles, de nouvelles façons d'ar-
ticuler les gestes, et même de nouveaux gestes
que je connais depuis toujours.
Des gestes tout simples.
Le geste « on verra bien », la paume vers le
ciel.
Le geste du silence, un doigt posé sur les
lèvres.
Le geste « à très bientôt ».

Le geste pour enlever les miettes autour du bol, le matin, avec le plat de la main.
Le geste qui vous échappe.
Le geste qui gesticule et celui qui s'ébauche quand on doute de soi.
Et tout ça, c'est aussi de la danse.
Même l'immobilité, c'est de la danse.
Même le baiser de Noël, c'était de la danse.

J'aimerais que tout se remette à tourner, que ça ne s'arrête jamais.
L'idéal, ce serait de patiner sur des fers à repasser.
Pas de crissement, pas de question.
Pas de racine, pas de crampon.
Ça glisserait tout seul autour d'un axe invisible.
Je retiendrais mon souffle, et l'histoire s'effacerait, comme les rayures, les plis, les rides, au passage de la réglette d'une ardoise magique.

La manche

Parfois il suffit d'un geste. Un geste juste suffit.

Mathilde Monnier

Deux, deux cinquante, trois, six euros et des poussières... Je ne vais pas aller loin avec six euros et des poussières. Il faudrait peut-être que j'augmente un peu le volume de la musique. Ou que je reprenne Toutankhamon.

Ça marchait mieux, la manche, en statue de Toutankhamon, non ?

Le problème, c'était le masque.

Je n'ai jamais supporté les masques. J'ai l'impression que mon visage est trop grand, l'impression qu'il déborde comme du lait oublié sur le feu.

Ça mousse tout autour.

Ça gratte à la racine des cheveux.

Ce qu'il me faudrait, c'est un masque qui se porterait à l'intérieur du visage,

des formes dans les joues
de la mie de pain sur les dents
des litchis sous les paupières.

Je parie que la blonde va venir poser à côté
de moi.
Souvenir de Paris
Impression de déjà-vu
Je me demande de quel pays ils sont, avec
leurs canifs accrochés à la ceinture.
Et celui-là qui se poste devant, bras croisés,
à l'affût de la faille, du bas qui file...
Une maman et ses deux petites filles. Un
groupe. Une femme aux chevilles fragiles.
Elle me donne cinquante centimes.
Tiens, je n'avais pas remarqué le type en
bleu.
J'aime bien sa présence, sa façon de s'ap-
puyer contre le poteau.
C'est un homme comme ça qu'il me fau-
drait, quelqu'un de solide.
Je me demande comment il est fait,
avec son blouson, difficile à dire.
Un petit ventre peut-être, mais c'est gentil
un petit ventre.

C'est doux.

Je ne les aime pas trop secs. Construits, mais pas secs.

Je suis sûre qu'il s'occupera bien de moi.

C'est important, quelqu'un qui s'occupe de ton corps, qui te fait des massages, qui vient te chercher à la sortie des cours.

« Tu l'as rencontré où ?

— Dans la rue, je l'ai rencontré dans la rue.

— Dans la rue ?

— Je faisais la manche près du Louvre, déguisée en danseuse espagnole. Il est tombé amoureux de ma façon de taper du pied.

— Et c'est quoi, son métier ?

— Eh bien... il est... euh... il est ostéopathe. »

Baba, les copines.

Un fiancé ostéopathe, le rêve de toutes les danseuses.

C'est vrai, il pourrait très bien être ostéopathe, ou kiné pourquoi pas.

S'il me sourit, je lui souris.

Il me sourit... Il regarde sa montre... Il a

rendez-vous peut-être. Il cherche quelque
chose dans sa poche. Un stylo… Une carte…
Il veut me laisser son numéro de télé-
phone…
Je ne l'appellerai pas tout de suite, je laisse-
rai passer quelques jours.
Au moins un jour.
Je ne l'appellerai pas avant demain.
Ou ce soir, au plus tôt ce soir.
Mais pas trop tard, ce soir.
Qu'il ne pense pas que…
Ce n'est jamais bon de…

Mais c'est qui, cette fille ? Elle lui saisit le
bras comme on saisit sa chance
un article soldé dans un bac en plastique
et lui qui se laisse faire, lui qui l'écoute, très
attentif, il penche un peu la tête, il dit oui,
peut-être, tu as peut-être raison, tu as raison…

Ne plus faire attention à eux.
Les ignorer.
On ne va pas en faire une histoire.
Ce n'est pas le bon jour, voilà tout.
Pas le bon endroit.

Pas la bonne heure.
Ce n'est pas grave.
Ce n'est pas la fin du monde.

C'est curieux, comme ils marchent tous
dans le même sens, les gens, comme si la
terre était un gros ballon sous leurs pieds.
Un gros ballon qu'il fallait faire tourner.

Il ne m'a même pas regardée en partant.

Le journaliste

On en a marre, parfois, d'avoir mal.
Nicolas Le Riche

Le journaliste de son ton le plus léger me dit
qu'en fait, au fond,
j'aime me montrer.
Il croise les jambes, jette un coup d'œil dans
le miroir avec les petites ampoules autour,
puis répète qu'il a vu le spectacle la semaine
dernière à Beauvais et qu'il a bien vu que
j'aimais me montrer.
Quel con ce type.
Je n'aurais jamais dû le laisser entrer dans la
loge, une heure avant le spectacle.
Et le pire, c'est qu'il continue.
Le pire, c'est que je le laisse continuer.
Se montrer, est-ce une tare pour un danseur ?
Pourquoi ont-ils payé leur place, les jeunes
au premier rang, c'est vrai : Pourquoi vous
avez payé votre place ?

Pour me re-gar-der.
Je suis gracieux, vous ne trouvez pas ?

Lui aussi me trouve gracieux, sans aucun doute, sinon il ne m'aurait pas suivi dans ma loge, avec les deux premiers boutons de sa chemise *déboutonnés*.
Je lui ai cloué le bec en lui citant Roland Barthes.
Personne ne résiste quand je cite Roland Barthes.
Ça les laisse comme deux ronds de flan.
Tiens, ils se disent, mais il n'est pas aussi bête qu'il en a l'air, puisqu'il cite Roland Barthes, c'est qu'il y en a là-dedans.
Effet garanti, mais ça ne répond pas toujours à la question.

Ensuite, il me demande pourquoi je souris sur scène, au début du solo surtout, ça l'avait étonné, mon sourire, comme s'il trouvait ça déplacé
le type qui se marre à un enterrement.
Et puis quoi encore, il ne faudrait plus sourire quand on danse ?

Ce serait interdit de sourire ?

Un danseur qui fait la tronche, pour moi, c'est comme offrir un cadeau en laissant le prix collé dessus.

Je te donne ça, mais tu vois combien ça m'a coûté.

Eh oui, danser, ça coûte, mais ça ne regarde que moi.

Ceux qui me regardent, ça ne les regarde pas.

Je ne veux pas qu'ils sentent toutes les heures de travail qui m'ont conduit jusqu'ici.

Je suis l'incarnation d'un rêve, de leur rêve.

Je suis un animal exotique, inaccessible, comme ces sirènes que l'on exhibe dans les foires.

Si je suis un régime particulier ?

Mais oui, bien sûr, je suis un régime particulier, tu es content Du Schnoque, tu veux des détails ?

À midi, les jours de spectacle, je mange des sucres lents et des choses faciles à digérer, pas de la salade, non, surtout pas de la salade

le chou, liste rouge
et aussi je prends soin de moi, de ma peau,
de mes muscles, de mes tendons, pour rester
toujours au sommet de mes possibilités.

« Ceci n'est qu'une simple hypothèse, dit-il
encore, mais si vous veniez à avoir un
accident qui vous empêcherait de danser,
que feriez-vous de votre vie ? »
J'ai rêvé d'un bouton qui aurait actionné son
siège pour l'éjecter.

Il me faisait penser à mon père, mon père
très inquiet le jour où je lui ai annoncé que
je voulais être danseur. Comme si je lui
avais dit : « Papa, plus tard, quand je serai
grand, je serai pédé. » Il a tout fait pour
m'en dissuader.

C'était un de ses arguments majeurs : l'accident.

Et puis plus tard : la vieillerie.

Quand tu seras une vieillerie, me disait-il en
roulant les *r*, qu'est-ce que tu feras ? Je ne
t'imagine pas en train d'enseigner la danse à
des jeunes filles, toi et la pédagogie, non, je
ne t'imagine vraiment pas.

Je mettais mon réveil à l'aube pour m'entraîner en cachette, face au miroir de la salle de bains. Nous avions une très grande salle de bains. Je trouvais que j'avais un corps très beau.

J'étais fier de mon corps. Je suis fier de mon corps. Je ne vois pas pourquoi je ne devrais pas être fier de mon corps.

Faudrait-il marcher les pieds en dedans et alourdir son pas pour ressembler à l'homme de la rue ?

Et le journaliste de noter sur son carnet à spirale :

Regardez les danseurs aujourd'hui, ils ne marchent plus, ils piétinent !

Non, il ne faut pas généraliser, ce n'est pas vrai, ils ne sont pas tous comme ça, ce n'est pas ce que je voulais dire, et puis piétiner, il y a plein de façons de piétiner...

Le journaliste souligne :

« Ce n'est pas ce que vous vouliez dire mais c'est ce que vous avez dit. »

puis il me demande si j'ai des projets
à part ce soir.

Je ne sais pas pourquoi, cette phrase m'a fait
monter les larmes aux yeux
« Non, pas de projet, *à part ce soir* »
Ce qui n'était pas vrai bien sûr, j'avais plein
de projets, nous avons tous plein de projets
mais soudain c'en était trop, alors je l'ai planté
dans la loge, avec son carnet à la main, je
suis monté sur scène, j'ai fait un signe au
pompier, dans les coulisses, il m'a souri
et j'ai dansé.

Sa danseuse

Quand je danse, c'est autre chose.
Isadora Duncan

C'est juste au moment de partir qu'il m'a prise dans l'entrée. Violemment, comme pour se débarrasser de moi. Depuis, il revient de façon épisodique, et totalement imprévisible.

Je suis toujours disponible pour lui.

Je trouve que c'est mieux que rien.

Un jour il m'a saisie par les épaules et il m'a secouée.

Il m'a secouée en me disant que je valais bien mieux que ça.

Bien mieux que : *mieux que rien.*

Il semblait fâché de ma docilité.

Il m'en voulait de ne pas être à la hauteur de moi-même — comme si ça ne l'arrangeait pas un peu.

Et pourquoi j'accepte ses visites, c'est vrai, il a raison de poser la question.

J'accepte ses visites…

pour voir jusqu'où ça ira

comme quand tu es petit et que tu plonges la tête sous l'eau pour voir combien de temps tu tiens.

Je suis sa danseuse, voilà, son intermittente, et si je pleure lorsqu'il s'en va ce n'est pas de la tristesse, non, je ne crois pas. J'ai juste besoin de me laver les yeux, comme dans ces films en noir et blanc où les filles vont à la cuvette.

Parfois, je me dis qu'avec le corps que j'ai… C'est une idée qui m'obsède depuis que je l'ai rencontré. L'idée de me faire payer — non, pas de *me* faire payer, de *le* faire payer.

Hier, il a réparé la tringle à rideaux. Pas un billet sous la lampe de chevet, mais tout de même, un peu de bricolage, *mieux que rien*.

Les tringles, c'est ce qu'il y a de plus fragile dans une maison, avec le flexible de la douche.

Ça se décroche facilement, parce que la nuit vient souvent et le jour aussi, alors je tire d'un côté, je tire de l'autre...

C'est agréable, une tringle bien solide.

Je ne sais pas ce que je pourrai lui demander la prochaine fois qu'il viendra.

La peinture dans la cuisine ?

Un peu disproportionné.

Ou alors il faudrait que je lui fasse en échange une pipe magnifique, un truc pas de ce monde,

ou que je lui établisse une carte de fidélité, un système d'abonnement avec des cases à tamponner, comme chez le teinturier.

Mais ça demande trop d'organisation.

En attendant, il pourrait réparer la prise de la salle de bains. Les plombs sautent chaque fois que je branche le sèche-cheveux.

Ce n'est pas normal, c'est même peut-être dangereux.

Le moment que je préfère, c'est quand il se rhabille, et que je lui prépare son café. Je garde sa tasse sans la laver

d'une fois sur l'autre.

J'essuie juste les bords, pour qu'il ne se
doute de rien. Ça fait une petite croûte, au
fond, une croûte noire qui s'épaissit
d'une fois sur l'autre
comme pour marquer le temps.
Le cicatriser.

La peinture de la cuisine, ce serait bien tout
de même.
Enfin la tringle, *mieux que rien*.

La balançoire

Danser, c'est avant tout faire plusieurs heures de danse par jour.

Merce Cunningham

Quand je serai morte, je donnerai mon corps
à la science.
J'aime bien l'idée de ces jeunes internes en
blouses blanches se penchant sur mon cas.
Je suis un excellent sujet pour l'étude de la
musculation.
Tiens, il faudra que je rajoute ça sur ma fiche :
ne prenez pas mes reins, ils ne valent pas un
clou — étudiez mes adducteurs, mes abduc-
teurs, mes abaisseurs et mes suspenseurs,
étudiez mes rotateurs et mes jumeaux.
Remarquez au passage mon cou-de-pied.
Magnifique, n'est-ce pas ?

J'ai sept ans, ma sœur fait le cochon pendu.
Elle se balance à toute volée sur le trapèze
du portique.

Il a plu, je l'admire, je la trouve tellement
jolie avec ses cheveux dénoués, tellement plus
jolie que moi
cette façon de se lancer, de s'élancer à la
conquête de l'espace...
Elle crie : « je vole, je vole »
et je l'envie, moi, assise sur le pas de la porte
j'aimerais être à sa place
dire « je vole, je vole ! »
et je l'ai vue tomber avant qu'elle ne tombe
vraiment
cette seconde de suspension où le destin se
joue, mon Dieu, cette seconde...
J'aurais dû me lever, j'aurais dû crier : je suis
restée immobile, pétrifiée par l'inacceptable
évidence de la catastrophe.

Ma sœur était très belle, allongée dans son
petit cercueil.
Elle ressemblait à un dessin.
Ma mère ne voulait pas que j'aille l'embrasser.
J'ai pris sa main en cachette, j'avais peur de
déranger sa robe.
Petite sœur, c'est pour toi que je danse, pour
toi que chaque jour je danse.

Je danse parce que je sais une chose : un corps est vivant et l'instant d'après, il est mort.

Je ne cherche pas le succès. Je dirais même que le succès me dérange.
Comme si j'exploitais ma sœur à mon avantage, que je lui prenais ses ailes. Non, je ne veux pas de vos applaudissements, ils me font mal.
Mais vous applaudirez quand même, voilà, c'est inscrit, c'est comme ça au théâtre, c'est la convention.
On applaudit, même si on n'a pas trop aimé, on applaudit, parce qu'il y a quelqu'un en face qui s'est donné du mal, tout de même, alors je me dirai que vous applaudissez la chorégraphie, les lumières, la musique, mais moi non, moi, vous ne m'applaudirez pas, parce que je ne le mérite pas.
Je suis une femme qui travaille
comme beaucoup d'autres femmes qui travaillent.
Je suis une question qui ne demande rien.
Juste posée, là, sur un plateau. Une question

posée. Campée. Bien campée — c'est drôle, cette femme avec le collier près de la sortie de secours, on dirait qu'elle cherche à attirer mon attention depuis tout à l'heure. Elle me dit quelque chose en tripotant les perles de son collier. Elle égrène son chapelet. Ma sœur aussi était blonde, avec des mèches presque blanches...
Et son voisin qui regarde sa montre. Il est pressé, il a envie d'aller se coucher ?
Tête sur l'oreiller, cou, poitrine, plexus ouvert, bassin en place, cuisse, genoux, mollet, pied...

Ma mère me dévore des yeux, elle est tellement fière de moi.
Mon père sort son mouchoir de sa poche, ça lui donne toujours envie de se moucher quand je danse.
Très tôt je l'ai su, si je voulais survivre, je devrais mettre une couche de muscle entre mes parents et moi
réinventer mon corps
le sculpter.
L'arracher au naturel.

J'aime beaucoup mes parents, ce n'est pas ça, mais je ne descends pas d'eux.

Je ne descends de rien

si ce n'est d'un portique dont la corde a lâché.

J'ai été cette enfant maladroite devant une mère trop belle. Une mère qui pleure son aînée en froissant mes cheveux.

Ma sœur.

Ma disparue.

Je suis son dessin dans l'espace, son ombre dans la rue.

Je n'ai pas peur. Je n'ai pas mal.

Je n'aurai plus jamais peur. Je n'aurai plus jamais mal.

J'ai construit mon palais, j'ai créé mon écorce, et les autres peuvent dire ce qu'ils veulent.

Je me suis rangée dans un étui. Ce qu'il y a à l'intérieur ne m'intéresse pas.

Je n'ai rien à dire, rien à exprimer.

Je suis un ensemble de cellules qui reçoivent et qui donnent.

Je trouve la force de vivre dans le mouvement même.

Je travaille, comme mon père et mon grand-père qui construisaient des maisons avec leurs mains
et le portique, c'est eux qui l'avaient construit, bien solide, les pieds rivés dans du ciment.
Mais les cordes s'usent
il pleut souvent en Normandie.

Ma sœur, elle l'adorait, son portique... Il faut que j'arrête, je dois chasser cette image, elle ne me sert à rien.
Je sens mes lèvres trembler.
Je n'aime pas les danseurs qui laissent passer leurs émotions sur leur visage.
Ceux qui lancent des œillades.
J'ai l'impression qu'ils font le trottoir. Ils me dérangent. Ils me ramènent à eux, mais je n'en ai rien à faire, moi, de leur vie, de leurs feintes et de leurs paupières !

Je suis un monstre.
Je suis devenue un monstre.

Mon corps est d'une solidité à toute épreuve. Je dresse l'inventaire et, le moment venu, je mets la machine en marche. Mes mains sont économes, l'heure n'est pas aux bavardages. J'aimerais danser sans manière, comme un compas trace un cercle, comme une boussole indique le nord.

Annuler le visage.

Annuler l'expression.

Faire impression. Imprimer. Imprimer une forme qui découvre l'espace, qui ouvre le chemin vers une autre dimension.

Je ne suis pas là pour plaire, je suis là pour créer des trajets qui n'existent pas.

Un chemin entre ma sœur, et moi.

Qui le fera si je ne le fais pas ?

Je ne sais plus qui disait ça. Un chorégraphe, quelqu'un de très important, un Américain je crois...

Il disait : *La seule façon de le faire, c'est de le faire.*

Et je le fais.

Je m'entoure d'une matière qui n'est pas moi, qui n'est que du travail, de l'exploration.

Je m'entraîne jusqu'à l'abrutissement.

J'épuise l'inépuisable enchaînement des gestes. Et chaque fois que je saute, c'est la terre qui se tasse sous mes pieds.

La terre où ma sœur est enterrée.

(Ma pauvre fille, ce que tu peux être pathétique.)

Mais personne ne le saura, personne jamais. Je suivrai jusqu'au bout la devise de Guillaume d'Orange. « Je maintiendrai. »

Voilà, je me redresse et je fais silence.

« Le maintien, ma chérie, le maintien. Et ferme bien ta cinquième position avant de prendre tes tours en l'air. »

Mademoiselle Desrien, mon premier professeur de danse.

J'adorais son phrasé, sa façon de dire : « Ma chérie, il faut laisser éclore ton mouvement. » Laisser éclore, c'est tout de même mieux qu'optimiser, non ?

Je ne sais pas ce que j'aurais choisi si j'avais dû faire *un vrai métier*, comme disent les amies de ma mère.

« Et à part la danse, qu'est-ce qu'elle fait dans la vie ?

— Rien, elle ne fait rien. À part la danse.
Parfois elle épluche des pommes.
— Mais ce n'est pas un métier, ça, éplucher
des pommes !
— Si, c'est un métier, éplucher des pommes,
des carottes, des asperges, couper des pommes
de terre, écosser des petits pois, équeuter
des haricots verts, c'est un métier.
— Ah bon... »

Allons, faire silence, arrêter le mouvement
des pensées.
Il n'y a rien à voir que des choses sans im-
portance.
Créer, effacer.
Faire des dessins à la craie sur le trottoir.
Le pied prend ses repères, le bras s'élance.
J'aurais dû me cacher sous une pile de linge
pour ne plus en ressortir. Je suis devenue
très étourdie après l'accident, j'oubliais tout,
le pain, mon manteau, « tu vas finir par oublier ta tête », disait ma mère, et j'ai oublié
ma tête, c'est la meilleure chose qui me soit
arrivée dans la vie, oublier ma tête.
Effacer mon visage.

Dresser la table, avec une double couche de molleton sous la nappe brodée.

Dresser l'inventaire, pour être sûre de ne rien avoir oublié.

Cou, poitrine, bassin, cuisse, genou, mollet, pied, rien oublié, sous un ciel de feutrine, et l'esprit qui s'enfuit...

Sur place, en l'air, côté

dégagé, développé

flexion buste, abaisser, abaisser, abaisser le centre de gravité

décentraliser...

« Tu comprends ce que je veux dire, ma chérie ? Dé-cen-tra-li-ser, laisser le mouvement parler à ta place. »

Je guette : les muscles, les douleurs, les réactions.

Debout au centre du tapis à faire mes pitreries, tout le monde admirait mon grand écart, mais on me trouvait si dure, malgré toute cette souplesse, je crois que j'effrayais les amies de maman. Elles applaudissaient dès que je marquais une pause, comme pour

que je m'arrête, qu'on en finisse une bonne
fois pour toutes avec ces contorsions
mais je ne m'arrêtais pas.
Je dansais longtemps, trop longtemps.
Flexion, extension, rotation.
Sans ornement. Sans complaisance. Sans
émotion.
Ça leur foutait le bourdon, aux amies de ma
mère.

Mais qu'est-ce qu'elle fait avec son collier,
elle va s'étrangler à force de tirer, on dirait,
on dirait que, un peu, oui, elle ressemble un
peu à... Cette façon de ne pas tenir en
place...
Pour ma sœur l'immobilité était doulou-
reuse.
« Va éliminer ta bougeaille », lui disait mon
père qui ne supportait pas de la voir gigoter.
Va éliminer ta bougeaille.
C'est pour ça qu'ils avaient construit le
portique, lui et son frère
pour qu'elle aille éliminer sa bougeaille.

Solo

J'ai entouré l'arbre de mes bras, me pénétrant de sa chaleur.
Lui sentant la mienne communiant avec moi.
Je ne saurais dire qui des deux avait le plus besoin de la chaleur de l'autre.

Nijinski

Je suis tout seul
Moi, me, je
Tout seul au centre du plateau
Tout seul à habiter les coins
Les quatre coins, pour moi tout seul
Mettre mes chaussures tout seul
Sans jamais bien savoir
Laquelle à droite, laquelle à gauche
Vingt ans plus tard toujours le même doute
Ne pas savoir sur quel pied danser
Exactement
En faire sa vie, son métier

Et pourtant tout ça très précis entre mes
parents
Très calendrier des postes avec Stabilo vert
et chien de chasse en couverture

Semaines paires, la mère
Semaines impaires, le père
Les vacances on coupe en deux
Et les grands-pères, morts
Et les grands-mères, séniles
Et moi, en très bonne santé
Toujours en très bonne santé
Ne rien avoir à justifier
Ne rien avoir à expliquer à personne
Ni pourquoi ma mère n'a pas refait sa vie
Ni pourquoi mon père n'a pas refait le
monde
Malgré les réunions à plusieurs
Ces hommes qui parlaient fort dans la pièce
d'à-côté
Ces hommes qui m'empêchaient de dormir
Une semaine ici, une semaine là-bas
Tournées en province : hôtel de la Paix, des
Trois-Colonnes, de la Providence
Libre, détaché, léger
Mais personne pour me porter
Personne pour apprécier cette légèreté

Arriver seul au théâtre
En repartir quand bon me semble

Tout seul, danser tout seul
Comme on sifflote dans la nuit pour se don-
ner du courage

Il faut toujours que tu te singularises, disait
mon père
Pas deux comme toi, disait ma mère
Unique en ton genre
Lui
Elle
Réconcilier tout ça
Elle et lui, séparés
Eux et moi, dans un seul corps
Réconcilier, concilier, composer
Trop, trop de choses à mettre ensemble
Trop, trop
Pour un homme seul
Envie de m'enfuir
De partir en courant
Je moi je moi personnellement dans ma sin-
gularité singulière
Trop lourd
Trop de responsabilité
Fils unique
Tout sur mon dos

Détourner l'attention
De moi
De moi, me, je
Leur faire voir autre chose
Imaginer autre chose
Ma part manquante
Le côté croqué de la pomme
Mon creux
Ou au contraire
Mes excroissances
Mes membres fantômes
Ce qui est coupé et reste douloureux
Tout ce qui fait moi et qui n'est pas moi
Ces secrets que personne ne voit
Et pourtant là, en évidence, posés sur un
plateau
Tous ceux qui m'habitent
L'orchestre et le chef d'orchestre
Les yeux aussi sont deux qui ne font qu'un regard
Questions poisseuses, conjurations parti-
culières, petits rituels solitaires
Compter jusqu'à trois avant de lever le doigt
Ne pas marcher sur les traits
Une broche en forme d'étoile abandonnée sur le
parquet

Un palet que l'on pousse à cloche-pied
Seul, très seul
Jouer au ballon prisonnier
Et on y va, à la guerre comme à la guerre
Vaillants petits soldats
Mes peurs, ma force et moi
Comme un seul homme

Je m'autocite
Je m'autostimule
Je m'autosinge
Avec ce cartable qui pèse huit kilos
Et toujours oublié quelque chose dans la
chambre de l'autre
Les voix d'hommes qui enflent avec l'alcool
La grand-mère placée dans une maison
pour vieux, la visite à Noël, le spectacle de
fin d'année
Je chante *L'aigle noir*
Une infirmière joue de l'accordéon
Le mois d'août en location
Souvent je m'ennuyais
Mais personne ne le savait
Je faisais semblant de classer des timbres

Danser, danser
Ne rien raconter : prendre l'espace
Capter l'attention pour combler le vide, le
rendre moins indigeste
Manger ses mots
Ne pas lier : énumérer. Ne pas savoir lier,
être un handicapé du lien, détacher ses mou-
vements, en faire son style, sa marque de
fabrique, être aimé pour ça
Finalement

Je me déplie sur moi-même
Je suis mon propre support
Je lâche prise
Je vais contre moi-même, je pars de mon
corps
Je m'en débarrasse
Mais un élastique me raccroche à lui
Je suis le chien qui tourne autour de sa
queue
Je suis le bègue qui fait des discours
Le solitaire est un diamant
Le solitaire coupe le verre
Moi, je
Monté en épingle

Donné en pâture
À part
Exposé

Je suis tout seul
Et même quand je danse avec des parte-
naires
Je suis tout seul
Mais ça se voit moins.

La petite annonce

Et maintenant vous faites la même chose, mais sans bouger.

Kazuo Ohno

Il y avait cette vache coupée en deux
on passait à l'intérieur
coupée en deux dans le sens de la longueur,
à l'intérieur de son corps on avançait entre
deux blocs translucides un peu trop rappro-
chés
des inclusions géantes
de ces presse-papiers que l'on fabrique pour
la fête des pères
si l'on fabrique encore des cadeaux pour la
fête des pères.

Au lieu des fleurs séchées ou des coquil-
lages, dans la résine, il y avait :
un cœur de vache
des veines de vache
une panse de vache.

De quoi se sentir mal, a priori, de quoi crier
au scandale pour se défaire de la nausée qui
vous envahit
mais quand on se retrouvait à l'intérieur de
l'animal, voilà la surprise
on se sentait bien
parce que tout ça était beau, et rassurant,
parce que tout ça vraiment :
miraculeux
un chef-d'œuvre de la nature, enfin de quoi
rêver
et l'autorisation de rêver aussi
c'est bien ce que m'a dit Lola quand je lui ai
raconté l'histoire de la vache coupée en deux
en prenant des gants
je ne voulais pas la choquer.
Mais non, je ne l'ai pas choquée.
À sept ans ça lui paraissait clair, que ce
n'était pas forcément dégoûtant de passer
dans une vache, parce qu'il était expliqué, à
l'entrée de l'exposition, qu'elle était morte
de sa belle mort
qu'elle avait bien vécu dans une ferme pilote
des environs de Rouen

au lieu dit de l'Orangerie
une vache de compagnie, en somme, avec
un nom et des petites habitudes
une vache qu'au lieu de réduire en farine
pour engraisser les poules
on avait transformée en œuvre d'art.
« Alors tu vois, maman, quand tu vas dans la
vache, tu devrais plutôt être fière. »
Fière, c'est ce mot-là qu'elle a employé.
Fière oui, Lola avait touché juste, mais fière
de quoi ?
Fière d'avoir contribué à l'immortalité de la
vache ?
Fière d'avoir reconnu son utilité, sa grâce, la
beauté de son existence intérieure ? Sa
majesté ?

Je me demande comment on parlera de
cette vache, dans vingt ans.
Si on en parle encore.
Elle me fait penser au loup du petit chape-
ron rouge : tu lui ouvres le ventre avec un
couteau pour récupérer la grand-mère
et la mère-grand est là

pas mâchée, pas abîmée, tout juste un peu décoiffée.

*

Mêmes impressions contradictoires en lisant la petite annonce.

Impression d'écœurement, tout d'abord, suivie d'une seconde lecture très, comment dire, touchante, émouvante, pas du tout macabre

morbide

lugubre

etc.

La petite annonce ?

Une compagnie de danse professionnelle cherchait un cadavre — très exactement, selon les propres termes du chorégraphe —, un *cadavre frais* pour tenir le premier rôle de son prochain spectacle. Les postulants devaient garantir qu'ils seraient morts lorsque les représentations commenceraient, et accepter de figurer sur scène pendant dix-sept représentations.

On ne parlait pas des tournées.

Est-il encore danseur celui qui expose sa
dépouille ? Oui, sans doute. Il a la forme du
danseur, un danseur immobile, mais un
danseur tout de même. Et puis ça bouge à
l'intérieur, même s'il n'y a pas de petits vers,
parce qu'on peut imaginer que le corps sera
réfrigéré, mais, malgré tout, ça bouge
les cellules, les liquides, et dans les têtes des
spectateurs : le grand bazar.
Imaginez, un mort sur le plateau, en chair et
en os !
Pas de façon fortuite, pas un accident, une
fin glorieuse à la Molière, non : une décision.
La froide décision d'un chorégraphe.
Voilà ce qui choque, le côté glacé de l'histoire.
Quoique.
On a bien promené dans la rue la dépouille
du Pape.
Et ça a été quoi, leur réaction aux fidèles,
aux amoureux, aux jeunes, quand le cadavre
de Jean-Paul a traversé la place Saint-Pierre ?
Ils ne se sont pas prosternés, ne se sont pas

recueillis, tête baissée, comme s'ils n'avaient pas le droit de voir, tout juste de deviner la cape rouge entre les cils, ils n'ont pas chanté, non.

Ils ont applaudi.

Du grand spectacle en vérité, retransmis par toutes les télés du monde.

J'en étais gênée pour eux.

Alors après tout, qu'un danseur expose son corps dans un théâtre...

Peut-être le chorégraphe n'a-t-il jamais eu l'intention *effectivement* de mettre un mort sur la scène.

Peut-être que passer la petite annonce était un acte suffisant. L'acte, en lui-même. Le spectacle complet.

On fait bien des arts plastiques sans objet, de l'art à lire, qui se décline avec des mots, alors pourquoi pas de la danse sans danseur ?

De la danse avec une idée ?

L'idée d'un macchabée sur scène, pour dire combien tout cela est éphémère ?

Imminent ?

Tennessee Williams, mort en avalant de travers le bouchon d'un flacon de médicament ouvert avec les dents.
Charles Valentin Morhange, dit Alkan, écrasé par sa bibliothèque.
À moins que ce ne soit un gag, cette histoire de bibliothèque, une invention de romancier.
Un gag, cette petite annonce.
Une imposture.

*

Posture, imposture...
Quand Shiro Shin danse le même solo depuis près d'un demi-siècle, que fait-il d'autre que nous montrer la lente décomposition de son corps ?
Quand il avait quarante, quarante-cinq ans, on lui soufflait que peut-être il devrait s'arrêter, *non ?* par décence, parce que c'était un peu pathétique
non ?
Ce vieux corps qui se démenait comme un jeune

et bien sûr les équilibres pas toujours aussi équilibrés, si je puis me permettre, et les mouvements rétrécis, et les sauts... poussifs, et la gestuelle elle-même, tellement
datée.
On ne peut plus voir des choses comme ça.
Mais Shiro Shin a tenu bon, et passé la barrière des soixante ans, ceux qui hier lui conseillaient de prendre sa retraite le trouvaient incroyable, magnifique, époustouflant.
Aucun adjectif n'était assez fort pour décrire la puissance de son solo. Ce qu'il ne pouvait plus faire techniquement, Shiro le remplaçait par de l'esprit. De la présence.
Comment disaient-ils encore ?
De l'intention.

*

Lu ce matin un article sur ce docteur allemand qui a inventé un nouveau système de conservation des corps.
Il remplace l'eau et la graisse des tissus par une espèce de silicone qui les préserve pour l'éternité.

Les dépouilles immortalisées sont exposées comme des bêtes de foire, pas dans les musées d'histoire naturelle, non : dans les galeries d'art contemporain
ou dans les abattoirs, comme à Bruxelles.
Deux millions et demi de visiteurs à Tokyo
quatorze millions en tout dans le monde,
de quoi remplir quelques salles de spectacle.

Il y a cette sculpture, enfin je ne sais pas si on peut appeler ça une sculpture, parce qu'il s'agit d'une personne réelle, morte, mais réelle tout de même, avec des poumons qui se sont remplis d'air, cette personne... défunte... disons, cette personne est littéralement dépiautée, c'est-à-dire qu'on lui a enlevé la peau, retiré la peau comme on le fait avec les lapins, et cette peau, elle la porte à bout de bras.

Tu imagines, ta propre peau, en tas, que tu portes à bout de bras.

Je me demande combien ça peut peser, une peau, même une vieille peau, ça doit faire son petit poids.

Près de l'homme dépiauté, il y a ce cavalier
qui tient son cerveau dans sa main droite.
Lui aussi, coupé en deux. À côté, la vache
fait figure d'enfant de chœur,
le Pape, n'en parlons pas,
et que dire de cette idée de faire jouer un
mort ?
Comme si la représentation de la mort, son
évocation, ne suffisait plus.

Quand j'étais petite, on accrochait des pans
de tissu noir aux portes des immeubles pour
annoncer le décès d'un de ses habitants.
C'était une façon élégante de nous rappeler
périodiquement à notre condition :
Une vie inscrite entre deux rideaux.

*

Après le 11 septembre, un journaliste a demandé à un chorégraphe quel regard il portait sur la destruction des tours.
Le chorégraphe a répondu : lorsque des gens
sont en deuil, ils devraient se mettre dans un
endroit calme, avec ceux qu'ils aiment, se

rapprocher, se tenir, et, oui, danser ensemble doucement.

C'est peut-être parce qu'il est devenu impossible de faire ça, se rapprocher, se tenir, et danser ensemble doucement, que l'on voit fleurir les morts dans les musées et bientôt, pourquoi pas, dans les salles de théâtre.

*

J'ai toujours aimé les vaches.

Quand j'étais petite, je croyais qu'elles n'existaient pas.

Que c'était des inventions de l'esprit, des créatures mythiques.

La première fois que j'en ai vu une, dans un pré, je n'ai rien osé dire à mes parents
et depuis ce jour-là
je n'ai plus jamais mangé de viande.

Le journaliste et *La balançoire* ont été créés au festival Temps d'Images en septembre 2003 avec Carlos Chahine, Corinne Fisher, Cédric Lequileuc et Fanny Tirel.

Le ficus, L'audition, Les patins, Le journaliste, Solo et *La balançoire* ont donné naissance au spectacle *À QUOI TU PENSES ?* de la compagnie chorégraphique Beau Geste.
Conception : Marie Nimier et Dominique Boivin. Images : Joël Calmettes et Martin Zayas. Lumières : Éric Lamy. Musique : Michel Musseau et Jean-Marc Toillon. Voix off : Johanne Thibaut et Pierre Grammont (*L'audition*), Juliette Gréco (*Le ficus*). Danseurs : Dominique Boivin, Olivier Dubois, Cédric Lequileuc, Yan Raballand, Sandra Savin et Fanny Tirel. Comédiens : Stéphanie Félix et Christine Pignet.

Les patins, La balançoire, L'audition et *Le ficus* ont été mis en ondes par Christine Bernard-Sugy pour

France Culture, avec Martin Amic, Anouk Grin-
berg, Sabrina Kouroughli, Jean-Pierre Malo et
Garance Clavel.

L'auteur tient à remercier chaleureusement tous
ceux qui ont permis à ces textes de prendre corps,
et en particulier Juliette Gréco, Frédérique Gérar-
din, Jean-Marc Grangier, José-Manuel Gonçalvès
ainsi que la Fondation Beaumarchais et toute
l'équipe de la compagnie Beau Geste.

DU MÊME AUTEUR

Aux Éditions Gallimard

SIRÈNE (« Folio », n° 3415).

LA GIRAFE (« Folio », n° 2065).

ANATOMIE D'UN CHŒUR (« Folio », n° 2402).

L'HYPNOTISME À LA PORTÉE DE TOUS (« Folio », n° 2640).

LA CARESSE (« Folio », n° 2868).

CELUI QUI COURT DERRIÈRE L'OISEAU (« Folio », n° 3173).

DOMINO (« Folio », n° 3551).

LA NOUVELLE PORNOGRAPHIE (« Folio », n° 3669).

LA REINE DU SILENCE, prix Médicis 2004.

VOUS DANSEZ ? (« Folio », n° 4568).

Aux Éditions du Mercure de France

UN ENFANT DISPARAÎT (« Le Petit Mercure »).

Aux Éditions Hazan

DES ENFANTS. Photographies de Sabine Weiss.

Aux Éditions Albin Michel jeunesse

COMMENT L'ÉLÉPHANT A PERDU SES AILES, illustrations Hélène Riff.

LES TROIS SŒURS CASSEROLES, illustrations Frédéric Rébéna.

CHARIVARI À COT COT CITY, illustrations Christophe Merlin.

LE MONDE DE NOUNOUILLE, illustrations Clément Oubrerie.

Aux Éditions Gallimard jeunesse

UNE MÉMOIRE D'ÉLÉPHANT, illustrations Quentin Blake.

LES TROMPES D'EUSTACHE, illustrations William Wilson.

LA KANGOUROUTE, illustrations William Wilson.

Aux Éditions Paris-Musées

ETNA, LA FILLE DU VOLCAN, illustrations Hervé Di Rosa.

COLLECTION FOLIO

Composition Imprimerie Floch.
Impression Firmin-Didot
au Mesnil-sur-l'Estrée, le 6 juin 2007
Dépôt légal : juin 2007.
Numéro d'imprimeur : 85599.

ISBN 978-2-07-034620-2/Imprimé en France.

150912